LA VIE DE NICOLAS.

(NAPOLÉON BUONAPARTE.)

LA VIE DE NICOLAS.

(NAPOLÉON BUONAPARTE.)

GRAND POT-POURRI,

EN TROIS PARTIES;

Par l'Auteur de L'OGRE DE CORSE.

A PARIS,

Chez F. LOUIS, Libraire, rue de Savoie, nº 6,

Et chez tous les Marchands de Nouveautés.

AOUT 1815.

LA VIE DE NICOLAS.

(NAPOLÉON BUONAPARTE.)

PREMIÈRE PARTIE.

AIR : *Annette, à l'âge de quinze ans.*

LA mère Lajoie, à vingt ans,
Avait un mari, dix amans ;
Elle accoucha de Nicolas :
    Qui fut son père ?
    C'est un mystère
    Qu'on ne dit pas.

AIR : *Pégase est un cheval qui porte.*

Un sorcier fit son horoscope,
Et dit : « Le petit Nicolas
Sera faux, cruel, misanthrope :
Hélas ! que ne sera-t-il pas !

Par ton enfant, heureuse mère,
Que tes destins seront brillans!
Il sera le roi de la terre;
Toi, la reine des mendians. »

Air : *Du Panorama.*

Protégé par l'un de ses pères,
Bientôt le petit Nicolas,
De l'île étroite des Corsaires,
Chez les Français porte ses pas.
Par charité mis au collége,
Il met tout en combustion,
Et se bat avec de la neige
En attendant poudre et canon.

Air : *J'étais bon chasseur autrefois.*

Mais les paroles du Sorcier
Lui reviennent dans la mémoire,
Et le plus mauvais écolier
Rêve qu'il est né pour la gloire.
Il dédaigne l'humble destin
D'un César ou d'un Alexandre,
Et forme le vaste dessein
De réduire la lune en cendre.

Air : *A moins que dans ce monastère.*

Mais de la lune, sur la carte,
On ne trouve pas le chemin;

Pourtant Nicolas Bonaparte
N'abandonne pas son dessein.
« Quoi! pour semblable bagatelle
Je renoncerais à mes plans?
Tuons, tuons pendant vingt ans;
Les morts me serviront d'échelle. »

AIR : *Du serin qui te fait envie.*

L'empereur futur de la lune
N'est déjà plus un écolier;
Mais, favori de la fortune,
Il se dispose à bien tuer.
Il cache avec soin sa manie,
Fait d'abord patte de velours;
On le prône comme un génie
Qui doit ramener les beaux jours.

AIR : *Au clair de la lune.*

Le nom de grand homme
Plaît à Nicolas;
De Paris à Rome
Il marche à grands pas:
Il massacre, il frappe,
Il met tout en feu,
Et chasse le Pape
Pour l'amour de Dieu.

AIR : *Des dettes.*

Au milieu de tant de hauts faits,
Le Directoire fait la paix :
Nicolas se désole ;
Mais en Égypte on l'enverra ;
Il y tûra tant qu'il pourra :
Nicolas se console.

Profitant de l'occasion,
Il prend Malte par trahison ;
Les Anglais se désolent :
Leur amiral, le poursuivant,
Brûle sa flotte en arrivant ;
Les Anglais se consolent.

AIR : *Du petit matelot.*

Nicolas ne perd pas la tête,
Et, pour plaire au Mahométan,
Se dit le fils du grand Prophète,
Fume, et se coiffe d'un turban ;
Mais, entêté comme une mule,
Le Turc le combat pas à pas,
Et ne se fait aucun scrupule
De rosser Muphti Nicolas.

Air : *Du pas redoublé.*

La ſoule des petits esprits
Est bientôt alarmée ;
Nicolas mépriſe leurs cris,
Mais il quitte l'armée.
Sur un esquif des plus petits
Il fend l'humide plaine ;
Et, pour nos péchés, dans Paris
Le Diable le ramène.

Air : *De la fanfare de Saint-Cloud.*

Il fait une promenade
Vers les filets de Saint-Cloud ;
Dénonce son camarade,
A qui l'ingrat devait tout.
Il met au vent sa flamberge,
Se proclame souverain,
Et frappe, à grands coups de verge,
Royaliste et jacobin.

Air : *J'ai vu partout dans mes voyages.*

Mais de crainte qu'on ne devine
Son origine par son nom,
Le grand Nicolas s'imagine
Qu'il lui faut un autre patron.

Pour un conquérant redoutable
Colas est un trop vilain nom ;
Il se donne celui d'un diable
Qui s'appelait Napoléon.

AIR : *Tenez, moi, je suis un bon homme.*

Bientôt il a peur de son ombre,
Il ne connaît plus de repos ;
Il voit des ennemis sans nombre
Dans ses chefs et ses généraux ;
Mais Nicolas s'en débarrasse
Par le fer et par le poison :
L'un est banni bien loin par grâce,
L'autre étranglé dans sa prison.

AIR : *Tous les bourgeois de Chartres.*

Pour singer les monarques,
Le moderne empereur
Donne en masse des marques
Qu'il appelle d'*honneur*.
Chacun porte sa *croix*, on ne voit plus qu'*étoiles*;
Il les prodigue par boisseaux,
Aux *curés* comme aux *généraux*,
Jusqu'aux marchands de toiles.

AIR : *Ce boudoir est mon Parnasse.*

C'est maintenant qu'il peut suivre
Son noble et vaste projet ;

Pour peu qu'on le laisse vivre,
Tout doit prendre un autre aspect.
Tous les peuples de la terre
Seront bientôt ses sujets;
Et, par les lois de la guerre,
Les rois seront ses valets.

Air : *Allez-vous-en, gens de la noce.*

« Rois et princes, je vous détrône;
Allez-vous-en hors de chez vous :
J'ai besoin de votre couronne,
Venez la mettre à mes genoux.
J'ai beaucoup de sœurs et de frères,
J'en veux faire de petits rois :
Voilà mes lois;
Cédez vos droits.
Allez vaquer à vos affaires,
Vous reviendrez une autre fois. »

Air : *Du grand croissant.*

« Joignons le commerce à la guerre;
Quand partout j'aurai triomphé,
J'ordonne aux princes de la terre
D'acheter chez moi leur café.
J'ai trois cent mille hommes de rentes,
Et je les double quand je veux :

Mandrin jadis faisoit ses ventes
Avec un corps bien moins nombreux. »

AIR : *Réveillez-vous, belle endormie.*

« J'apprends que le czar de Russie
Ne veut pas me donner un sou :
Mon avis est qu'on le châtie ;
Allons le chercher à Moscou. »

AIR : *Ton, ton*, etc.

« Quand nous aurons pris la Russie,
Nous pousserons jusqu'à Canton,
Ton ton, ton ton, ton taine, ton ton ;
Et de la campagne d'Asie,
Nous reviendrons à Charenton,
Ton ton, ton taine, ton ton. »

AIR : *Il pleut, il pleut, bergère.*

« Avec six cent mille hommes
Nous voici dans Moscou ;
Mais, nigauds que nous sommes,
Ce n'est pas le Pérou.
Ah ! devait-on s'attendre...
Qu'il gèle en ce pays ?
Il gèle à pierres fendre,
Et nos soldats sont frits. »

AIR : *De la croisée.*

En vain, pour se chauffer un peu,
Notre héros, plein de courage,
Met tous les villages en feu,
Et brûle jusqu'à son bagage;
En vain le soldat veut ronger
Les chevaux qui meurent sur place,
Chaque morceau qu'il veut manger
Est un morceau de glace.

AIR : *La foi que vous m'avez promise.*

Dans sa peau de tigre il chemine
A travers glaces et frimas,
Menant avec lui sa cuisine,
Et faisant ses quatre repas;
Il a perdu dans trois semaines
Six cent mille hommes : ce n'est rien,
Pour nous consoler de nos peines,
On nous dit qu'il se porte bien.

AIR : *Je n'saurais danser.*

Messieurs du Sénat,
Décrétez vite une armée;
Messieurs du Sénat,
Que tout Français soit soldat.

S'il a tout perdu,
N'a-t-il pas sa renommée ?
Il n'est pas vaincu,
C'est le froid qui l'a battu.

Messieurs, etc.

Air : *De Claudine.*

Pour réparer sa défaite
Il ne faut que deux décrets ;
Une armée est bientôt faite
Quand on prend tous les Français.
De bon cœur chacun s'enrôle,
Jeune, vieux, mari, garçon ;
On prend l'enfant à l'école :
Pour tuer c'est toujours bon.

Air : *Du serin qui te fait envie.*

A Dresde le Corse en furie
Aperçoit l'immortel Moreau ;
Le feu part d'une batterie . . . .
Quel plaisir d'être son bourreau !
Fidèle à ce tigre perfide,
Le même boulet assassin
Reviendra, d'un coup homicide,
De Saint-Priest percer le sein.

Air : *On compterait les diamans.*

Mais le diable a fait de ses coups ;
Les Alliés tournent casaque,
Et l'on voit arriver chez nous
Et l'Allemand et le Cosaque.
Des fiacres on prend les chevaux
Pour monter la cavalerie,
Et ces modestes animaux
Sont tout l'espoir de la patrie.

Air : *A la façon de barbari.*

On fait partir les jeunes gens
De quinze ans à soixante ;
Ils marchent tous gais et contens,
Aucun ne s'en exempte :
Chacun d'eux vaut un bataillon,
La faridondaine, la faridondon,
Et Nicolas est sans souci,
Biribi,
A la façon de barbari, mon ami.

Air : *Le port Mahon est pris.*

Les Russes sont battus,
Déjà l'on n'en voit plus ;

Ils quittent la campagne,
Vaincus,
Perdus,
La frayeur les gagne :
Dans un mois de campagne,
Ils sont tous déconfits,
Tous occis,
Morts ou pris.

Air : *Réveillez-vous, belle endormie.*

Mais voici bien une autre histoire!
Il ne restait que des débris;
Pendant que nous chantons victoire,
Ces débris entrent dans Paris!

Air : *D'Abusar.*

Si nous en croyons Nicolas,
L'instant de notre mort s'approche,
Ces barbares vont mettre, hélas!
Nos petits enfans à la broche.
Mais non! tranquilles dans Paris,
Chacun d'eux sourit et salue;
Et, pour nous plaire, ils n'ont rien pris
Que la plus vilaine statue.

Air : *Des folies d'Espagne.*

Ces étrangers qui devaient tout nous prendre,
De bienfaiteurs méritent le renom ;
Car aux Français la bonté d'Alexandre
Donne un Louis pour un Napoléon.

Air : *Où s'en vont ces gais bergers ?*

Que va faire Nicolas
Loin de sa bonne ville ?
Il va rêver aux combats
Dans une petile île.
« Où sont donc, dit-il, tous mes soldats
Et mon Sénat docile ? »

Air : *Pourquoi vouloir qu'une personne chante ?*

Prêt à partir, le plus grand Capitaine
Aux alliés fait cette question :
« Pourrai-je encor dans mon nouveau domaine
Me faire aimer par la conscription ? »

Air : *Du haut en bas.*

Tout est fini,
Nicolas n'aura plus d'empire ;

Tout est ſini,
Quand même il reviendrait ici :
Il a beau ſaire, il a beau dire;
Qu'il se soumette ou qu'il conspire,
Tout est ſini.

LA VIE DE NICOLAS.

SECONDE PARTIE.

LA VIE DE NICOLAS.

SECONDE PARTIE.

Air : *Chantez, dansez*, etc.

De l'ex-empereur Nicolas
Nous avons tous chanté l'histoire ;
Et de cet homme à grand fracas
On perdait déjà la mémoire :
Mais Bonaparte n'est pas mort ;
Petit bonhomme vit encor.

Air : *De la Croisée.*

Le petit Corse, grand gascon,
Par honneur, devait se détruire ;
Mais il voulut vivre, dit-on,
Pour avoir le plaisir d'écrire ;
Chacun, avec avidité,
Attend les fruits de ce génie :
Nous dira-t-il la vérité
Une fois dans sa vie ?

Air : *Prenons d'abord l'air bien méchant.*

Mais chacun sait que Nicolas
N'a jamais pu rester en place ;

C'est dans le sang et les combats
Que ce grand homme se délasse :
Il prend la plume vainement,
NICOLAS n'écrit rien qui vaille ;
Et sa main machinalement
Trace encore un plan de bataille.

AIR : *Des fraises.*

A cet aspect, aussitôt
Prenant sa tabatière :
— « Quoi ! j'écrirais comme un sot,
» Dit-il ; non ! faisons plutôt
La guerre ! »

AIR : *Il était un p'tit homme.*

« Le diable emporte l'île
Où je vois mes guerriers
Sans lauriers !
A moi, troupe inutile !
Venez, suivez mes pas,
Par là-bas ;
Marchons en avant,
Je suis toujours grand,
La France nous attend,
Et nous aurons (*bis*) l'empire en nous montrant.

AIR : *Mes chers amis, pourriez-vous m'enseigner?*

«Voilà dix mois
Que je n'ai fait de Rois,
Et, par ma foi, cela m'ennuie;
Il est bien temps
De sortir de céans
Et de changer un peu de vie.
Pendant que le Congrès
Prépare avec succès
La fin des misères humaines,
Moi je croupis ici,
Banni;
Marchons, et montrons-lui,
Jarni!
« Que je puis faire encor des miennes!

AIR : *Jadis, dit-on, un grand prophète.*

Cela dit, le grand Capitaine
Court rassembler tous ses soldats;
Ils couvrent une vaste plaine,
Une plaine de deux cents pas;
La troupe en bon ordre défile,
Il attend tout d'un tel secours:
En effet, ils étaient bien mille,
En y comprenant les tambours.

Air : *De la soirée orageuse.*

En tête de ses légions
Il place son artillerie ;
C'était quatre petits canons,
Épouvantable batterie !...
Le Corse, bourreau par métier,
Rit, en songeant qu'il va se battre,
Et reprendre le monde entier
Avec *quatre* pièces de *quatre !*

Air : *J'ai vu partout dans mes voyages.*

« O vous, que la France alarmée
Nomme *brigands*, et moi, *héros !*
Vous avez soif de renommée,
Et gémissez de mon repos ;
Mais je n'ai pas perdu la carte.
Mes bons amis, rassurez-vous :
Un homme tel que Bonaparte
N'est pas fait pour planter ses choux.

Air : *J'ai du bon tabac.*

J'ai de bons amis
Dans la France entière ;
J'ai de bons amis
Jusque dans Paris.

Ces bons amis,
Dans tous leurs écrits
Prêchent la paix,
Trompent les Français;
Ils prêchent la paix,
Préparent la guerre:
J'en suis bien certain,
Car j'ai vu le *Nain*.

Air: *De la p'tit'poste de Paris.*

On me dit que la nation
Regrette la conscription;
On regrette jusqu'au Sénat,
Qui changeait tout homme en soldat:
Je viens d'en recevoir l'avis
Par la p'tit'poste de Paris.

Air: *Allons, gai, réjouissons-nous.*

Allons, gai, réjouissez-vous,
L'heureux instant s'avance;
Allons, gai, réjouissez-vous,
Murat est pour nous.
Murat m'a donné l'assurance
Qu'il viendrait à moi,
Et j'ai déjà l'expérience
De sa bonne foi.
Allons, gai, etc.

Air : *R'li, r'lan, rantanplan.*

Embarquons-nous promptement,
R'li, r'lan, rantanplan, tire-lire en plan;
Embarquons-nous promptement,
Partons sans rien dire.
Partons sans rien dire;
Rantanplan, tire-lire.
Tout de suite en débarquant,
R'li, r'lan, rantanplan, tirelire en plan,
Tout de suite en débarquant,
Je proclame l'Empire.

Air : *Monsieur de Catinat*, etc.

A l'amiral anglais Livourne donne un bal,
Profitons du moment pour donner le signal.
Si de sortir du port on veut nous empêcher,
Nous dirons bonnement que nous allons pêcher,

Air : *Ma barque légère.*

Le monstre sauvage,
Le fléau des lis,
Entraîne au rivage
Onze cents bandits.
Au loin tout sommeille
En sécurité;

Le seul crime veille,
Au meurtre excité.
L'enfer qui seconde
Son grand pourvoyeur,
Enchaîne sur l'onde
Des vents la fureur.
La troupe infernale
S'unit à son sort,
Et le Cannibale
Enfin touche au port.

AIR : *De l'Opéra-Comique.*

« Mon cher filleul NAPOLÉON,
Lui dit Satan qui le protége,
Marche, sois digne de ton nom;
Sois faux, cruel et sacrilége.
Dans ce coffre tu trouveras
Des cadeaux pour te rendre aimable;
Aux Français tu les donneras;
C'est l'ouvrage du Diable. »

AIR : *Mon petit cœur à chaque instant*, etc.

Hélas! c'était la boîte de Pandore
Que Lucifer donnait à NICOLAS;
Et tous les maux dont le Diable s'honore,
Viennent en foule assiéger nos climats.

En tête, on voit l'épouvantable Guerre,
Et le Pillage et les Proscriptions ;
Et les Impôts qui désolent la terre,
Le Désespoir et les Conscriptions.

Air : *Des fraises.*

L'ennemi du genre humain
Vient de rentrer en France;
Par l'ombre du duc d'Enghien
L'on entend crier soudain :
Vengeance !

Air : *On compterait les diamans.*

Ce cri terrible a retenti
De la Moselle à la Durance ;
L'Ogre de Corse en a frémi,
Sans perdre pourtant l'espérance.
Docile aux ordres de l'Enfer,
Il cache l'effroi qui le ronge ;
Ne pouvant vaincre par le fer,
Sa bouche a recours au mensonge.

Air : *Elle est toujours la même.*

« Soldats, dit-il, vous savez comme on m'aime,
Combien partout je me suis fait d'amis ;
Me revoir, pour Paris
Est le bonheur suprême.

De ce que je vous dis
Ne soyez point surpris,
Je suis toujours (*bis*) le même. »

AIR : *Sans mentir.*

« Gouvernement provisoire
Dans Paris est établi ;
Amis, vous pouvez m'en croire,
Car je n'ai jamais menti. »
La troupe qui l'environne
Lui répond sans réfléchir :
— « A vous rendre la couronne
» Si le Roi veut consentir,
» Sans trahir,
» Nous pouvons bien vous servir. »

AIR : *Trouverez-vous un parlement ?*

L'Ogre s'applaudit du succès
Du mensonge qu'il vient de faire ;
Quel plaisir ! le sang des Français
Va de nouveau rougir la terre.
Bientôt les cendres de Moscou
Se rallumeront pour lui plaire ;
Et de Berlin jusqu'au Pérou
Les conscrits porteront la guerre.

Air : *Du serin qui te fait envie.*

Il a rêvé que la Provence
Le recevrait à bras ouverts ;
Et que bientôt toute la France
Courrait au-devant de ses fers.
Mais le premier essai qu'il tente
Le fait jurer comme un damné ;
Près d'Antibes il se présente,
On lui ferme la porte au né.

Air : *Du pas redoublé.*

« Partons, dit-il, allons plus loin
Chercher un autre asile ;
Surtout évitons avec soin
D'entrer dans une ville.
Imitons messieurs les brigands,
Qui, fuyant les campagnes,
Courent, pour détrousser les gens,
A travers les montagnes. »

Air : *Nous voici dans la ville.*

Il entre dans la ville
Qui soutint autrefois
Un siége difficile
Pour la cause des Rois.

Il vient comme une bombe,
Précurseur du trépas;
Chacun croit voir sa tombe
S'entr'ouvrir sous ses pas.

AIR : *Ce fut par la faute du sort.*

Pour Lyon c'est un jour de deuil,
On se croit en quatre-vingt-treize :
Épouvanté de cet accueil,
Le Corse n'est pas à son aise.
— Criez donc *vive l'Empereur!*
Disent ses gens à la marmaille;
On se tait, ou ce cri d'horreur
N'est poussé que par la canaille.

AIR : *C'est un sorcier.*

Bientôt on apprend dans la France
Que ce diable exterminateur
Vient, poussé par la Providence,
Chercher le prix de sa fureur.
Le reste impur des régicides
Triomphe et croit qu'il régnera.
Ah! oui-dà!
Il viendra,
On verra!
Ce digne chef, hommes perfides,
Que vous croyez tenir déjà,
Il périra!

AIR : *Vive le vin, vive l'Amour!*

Vive le Roi! vive le Roi!
Français, bannissez votre effroi,
Et croyez-en ma prophétie;
Jamais de ce tigre en furie
Le ciel ne remplira l'espoir;
Nous mourrons tous, oui, tous, avant de voir
Ce monstre asservir la Patrie!

AIR : *Du réveil du peuple.*

J'entends la voix de la Patrie,
Debout, à l'aspect du bourreau;
Elle a fait frissonner l'impie,
En lui faisant voir son tombeau.
— « Que viens-tu faire, lui dit-elle,
Sur le sol qui t'a rejeté,
Et qui jura haine éternelle
Au fléau de l'humanité?

» Viens-tu, pour assouvir ta rage,
Massacrer encor mes enfans?
Faut-il, pour te suivre au carnage,
Abandonner encor nos champs?
Non! s'il faut quitter nos murailles
Et voler encore aux combats,
Nous ne livrerons de batailles
Que pour punir tes attentats.

» Louis, la charte et la patrie,
Tel est le cri des bons Français;
Purge de ta présence impie
Ces lieux dont tu troubles la paix.
La justice fait notre force:
Heureux sous l'empire des lis,
Nous ne souffrirons plus qu'un Corse
Souille le trône de Louis. »

Air: *Tarare Pompon.*

Chacun appuie en chœur
La voix de la Patrie;
Contre la tyrannie
On s'arme de bon cœur.
Partout on se rassemble,
On fait des bataillons;
L'Ogre s'arrête, il tremble.....
Marchons.

Air: *Enfans de la Provence.*

Enfans de la Provence,
Quittez vos tambourins;
Le bourreau de la France
Vient troubler vos refreins.
C'est l'assassin (*bis.*)
Du duc d'Enghien;

L'assassin
Du duc d'Enghien ;
C'est l'assassin
Du duc d'Enghien.
Souffrirez-vous encore
Qu'un tigre qu'on abhorre
Fasse tomber ses coups
Sur vous ?
Répondez tous :
Eh ! non, non, non, jamais cet assassin
Ne nous recourbera sous son joug inhumain !

Enfans de la Provence, etc.

Air : *La victoire, en chantant.*

Il a rompu son banc, il rouvre la carrière,
Le modèle des scélérats ;
Que du nord au midi la trompette guerrière
Donne le signal des combats.
Tremble, vil fléau de la France,
Corse ivre de sang et d'orgueil ;
Le fils de Saint Louis s'avance,
Tyran, prépare ton cercueil.
C'est notre Roi qui nous appelle,
Sachons vaincre ou sachons périr !
Ah ! pour une cause si belle,
Tout Français doit vaincre ou mourir !

AIR : *De Joseph.*

Forfait inouï dans l'histoire !
Des guerriers remplis de valeur,
Séduits par une fausse gloire,
Vont trahir Louis et l'honneur !
La France entière en vain leur crie ;
« Un brigand n'est pas un héros.... »
Les défenseurs de la patrie
En seront bientôt les bourreaux.

AIR : *O Fontenai !*

Ne chantons plus !... nous perdons notre père ;
Demain le Corse arrive dans ce lieu :
Adieu, bonheur ! adieu, douce chimère !
Pour quelque temps, chansons, plaisirs, adieu.

LA VIE DE NICOLAS.

TROISIÈME PARTIE.

4

LA VIE DE NICOLAS.

TROISIÈME PARTIE.

Air : *Du petit matelot.*

Plus de craintes, plus de tristesse,
Voici l'aurore du bonheur :
Tout Paris est dans l'allégresse
A l'approche de son sauveur.
Pour fêter le plus doux des maîtres
On n'entend partout que concerts ;
Et le peuple entier aux fenêtres,
De mille cris frappe les airs.

Air : *Trouverez-vous un parlement ?*

Eh ! non, non, non, mille fois non ;
Je ne vois aucune des marques
Dont Paris accueillit Bourbon,
Le fils aîné de nos monarques ;
Tout honnête homme est affligé,
Chacun frémit pour sa patrie ;
Il semble qu'un loup enragé
Soit entré dans la bergerie.

AIR : *Partant pour la Syrie.*

Le bon Français se cache,
Il pressent des malheurs
Quand le drapeau sans tache
Fait place aux trois couleurs.
Périsse la mémoire
Du sanglant étendard !
La couleur de la Gloire
Est celle de Bayard.

AIR : *Chantez, dansez, etc.*

Napoléon est adoré,
C'est une nouvelle certaine ;
Voyez tout ce peuple *enivré*,
Criant, beuglant à perdre haleine ;
En attendant le grand héros,
Comme ils font claquer leurs sabots !

AIR : *J'ai vu partout dans mes voyages.*

J'ai vu devant les Tuileries
La lie affreuse des faubourgs ;
Des ivrognes et des furies
De leurs voix couvrant les tambours :
A ces clameurs épouvantables
Que poussaient des poumons de fer,

On aurait cru voir tous les diables
Heurlant pour fêter Lucifer.

AIR : *De la croisée.*

Le noble espoir des assassins,
NICOLAS, traverse la France,
Et, sur les bras des jacobins,
En triomphateur il s'avance;
Mais à notre amour, à ses droits,
Pour montrer qu'il rend bien justice,
De nuit, au palais de nos Rois,
En tremblant il se glisse.

AIR : *C'est le meilleur homme du monde.*

Vous qui redoutez NICOLAS,
Quel vain prestige vous égare?
Regardez-le, ne tremblez pas;
Ce n'est plus un monstre barbare.
Il est aussi doux qu'un mouton;
Il a perdu son air farouche;
Il est converti tout de bon;
C'est du miel qui sort de sa bouche.

AIR : *Je vous comprendrai toujours bien.*

Dieu! que nous allons être heureux
Sous un prince aussi magnanime!

On sait que son cœur vertueux
A toujours eu l'horreur du crime.
D'ailleurs il ne voit plus d'attraits
Dans la guerre qu'on lui reproche;
Il vient nous apporter la paix ,
Il tient le traité..... dans sa poche.

AIR : *O ma tendre musette !*

Après cette entreprise
Tout ira pour le mieux;
Son auguste LOUISE
Vient dans un jour ou deux.
Si l'Europe en colère
Veut fourrer son nez là ,
Murat et le beau-père
Y mettront le holà !

AIR : *Pégase est un cheval qui porte.*

l'Impératrice ne vient guères ,
Le roi de Rome ne vient pas ;
Chez les Puissances étrangères
On parle déja de combats :
Mais que pourraient contre le Corse
Tous les Rois armés de nouveau ?
NICOLAS n'est-il pas en force
Avec le faubourg Saint-Marceau ?

Air : *Guillot un jour trouva Lisette.*

Cependant NICOLAS députe
Envoyés sur ambassadeurs ;
Mais, las ! partout on le rebute,
Partout on les envoie ailleurs ;
En vain il flatte, en vain il gronde,
Dans quel gouffre il s'est embarqué !
Il voulait bloquer tout le monde,
Et tout le monde l'a bloqué !

AIR : *De la parole.*

« Rois, mes cousins, dit NICOLAS,
Rien n'est changé par ma présence ;
Pourquoi donc ne voulez-vous pas
Que nous fassions une alliance ?
Je consens à me tenir coi :
La France en moi voit son idole,
Traitez-moi donc comme le Roi.
Vous ne repondez pas ! pourquoi ?...
Je tiens pourtant bien (*bis.*) ma parole. »

AIR : *Du grand Croissant.*

L'Europe assemble ses cohortes
Pour marcher contre NICOLAS ;

Il craint, frappe à toutes les portes:
« Ouvrez! » on ne lui répond pas.
Il écrit à son ex-beau-père,
L'écrit revient sans être ouvert;
Il écrit à toute la terre;
Il prêche, hélas! dans le désert!

AIR : *J'étais bon chasseur autrefois.*

« Quel changement dans mon destin,
Dit NICOLAS, presqu'en colère!
Ma foi, j'y perds tout mon latin,
(Il est vrai que je n'y perds guère.)
Mais j'éprouve un ennui mortel.
Amusons-nous en patriote;
Détrônons le Père Eternel
Et crions : A bas la calotte!

AIR : *Au clair de la lune.*

A bas la calotte!
Le joli refrain.
A bas la calotte!
Le grand souverain.
A bas la calotte!
Chiffonniers, en chœur,
A bas la calotte!
Vive l'Empereur!

AIR : *Chacun avec moi l'avoûra.*

« Diable ! dit NICOLAS, un jour,
En regardant par le fenêtre,
Quelles modes dans ce séjour
Onze mois de temps ont fait naître !
Du luxe ici je tâche en vain
De découvrir les derniers restes ;
Les dames sont en casaquin,
Et les messieurs sont tous en vestes ! »

AIR : *Mon père était pot.*

« Voilà donc un échantillon
Du peuple qui m'appelle ? »
— « Oui, sire, c'est la portion
Qui vous reste fidelle.
Tous les chiffonniers,
Tous les savetiers,
Les décrotteurs, vous restent ;
Mais les bons marchands,
Les honnêtes gens,
Les savans, vous détestent. »

— « Pourquoi m'avoir donc fait venir ?
J'étais bien dans mon île. »
— « Sire, c'était pour nous servir ;
Vous nous étiez utile.

Avec vos soldats
Livrez des combats,
Reprenez la Belgique;
Mais nous ne voulons
Ni vous, ni Bourbons:
Vive la République! »

AIR : *Trouverez-vous un parlement?*

NICOLAS ne nous parle plus
Que liberté, qu'indépendance;
Il va régner par les vertus:
C'est Dieu qui le rend à la France.
BONAPARTE, et la liberté!
Mes bons amis, que vous en semble?
Pour moi, je suis épouvanté
De trouver ces deux mots ensemble!

AIR : *Ça n'dur'ra pas toujours.*

Le *Moniteur* sublime
Nous dit, dans son fatras,
Qu'un prince légitime
C'est le grand NICOLAS.
On ne s'en doutait pas. (*ter.*)

Le Roi, dans trois semaines,
Pour sortir d'embarras,
Allait sur nos domaines
Mettre la main, hélas!
On ne s'en doutait pas. (*ter.*)

Notre Roi magnanime
Méprisait les soldats,
Et leur faisait un crime
De leurs brillans combats.
On ne s'en doutait pas. (*ter.*)

Dans peu de temps les prêtres,
Qui sont *tous* scélérats,
Devaient parler en maîtres;
Ils le disaient tout bas.
On ne s'en doutait pas. (*ter.*)

Droits féodaux et dîme
Nous tombaient sur les bras;
Enfin, un vaste abîme
S'entr'ouvrait sous nos pas.
On ne s'en doutait pas. (*ter.*

AIR : *Tenez, moi, je suis un bon homme.*

Les rats n'iront plus dans nos caves,
Mais on paîra pour les nourrir;

Les noirs ne seront plus esclaves,
Nicolas veut tout affranchir.
Mais de ces grâces infinies,
Chacun sait ce qu'il doit penser;
Quand on n'a pas de colonies,
De nègres on peut se passer.

Air : *Chantez, dansez.*

Français, on vous avait permis
De fabriquer une autre charte;
Restez tranquilles, mes amis,
Et laissez faire Bonaparte :
Au lieu de constitution,
Il vous montre l'addition.

Air : *Eh! gai, gai, gai, etc.*

« Eh! gai, gai, gai, chers électeurs,
Envoyez-moi bien vite
Des députés, de grands parleurs,
Surtout de grands faiseurs.
Envoyez-moi l'élite
Des vieux républicains,
De ces gens que l'on cite
Pour leurs vastes desseins.
Eh! gai, gai, *etc.*

N'oubliez pas Barrère,
Drouet et Pelletier;
Que n'ai-je Robespierre,
Couthon, Marat, Carrier!
Eh! gai, gai, *etc.* *

Air: *De l'Opéra-Comique.*

Au Champ-de-*Mars*, au Champ-de-*Maî*,
Au Champ-de-*Juin*, si mieux on l'aime,
Ma femme et mon fils bien-aimé
Vont recevoir le diadême;
Si ces objets infortunés
Manquaient à la cérémonie,
Je prétends qu'ils soient couronnés
Tous deux en effigie.

Air: *De Dorilas.*

Mais Caniche, des bords du Tibre
Vient de flairer la liberté,
Et pour jouer à l'homme libre,
Il quitte sa principauté;
Voyant ses espérances vaines,
Trouvant les Pairs récalcitrans,

* Voyez l'Ouverture des deux Chambres, page 66.

Le toutou va noyer ses peines
Dans le vin du duc d'Orléans.

AIR : *Je n'saurais danser.*

« J'en retiens ma part,
Lui dit Jérôme son frère ;
J'en retiens ma part,
Qu'on me la mette à l'écart. »

« J'en retiens ma part,
Lui dit Gigogne sa mère ;
J'en retiens ma part,
Qu'on me l'encaisse avec art. »

« J'en retiens ma part,
Dit NICOLAS en colère ;
J'en retiens ma part,
Ou je prends tout sans égard. »

« J'en retiens ma part,
Dit Joson d'un air sévère ;
J'en retiens ma part,
Si je ne viens pas trop tard. »

« J'en retiens ma part,
Dit Fesch d'un ton débonnaire ;
J'en retiens ma part,
Je me contente d'un quart. »

« J'en retiens ma part,
Dit Hortense la dernière;
J'en retiens ma part,
Pour boire avec mon pendard. »

Air : *Du serin qui te fait envie.*

On voit que toute la famille,
Oncle, neveux, frères et sœurs,
Et la mère, et la belle-fille,
Accouraient comme des voleurs;
En un instant tout fut leur proie,
Meubles, vins, glaces et rideaux;
Et l'on vit la mère Lajcie
Prendre ses sacs sur son dos.

Air : *Allez-vous-en, gens de la noce.*

Pillez, pillez, race maudite,
Mais vous dégorgerez bientôt;
Bientôt vous n'aurez plus de gîte,
Pour vos larcins plus d'entrepôt.
L'Europe entière, avec la France,
Vous proscrit, vous chasse à jamais;
Pour vos excès,
Pour vos forfaits,
Allez-vous-en à la potence,
Et laissez-nous chanter en paix.

Air : *Des folies d'Espagne.*

On fait la guerre au Sultan pacifique,
On ne sait pas comme il s'en tirera ;
Des charbonniers il caresse la clique,
Il n'en est pas plus propre pour cela.

Air : *Toujours de trinquer avec nous.*

« Tous les moyens, dit-il, sont bons,
Pourvu que je m'en tire ;
Aux bambins donnons des canons
Pour soutenir l'Empire.
On me pousse à bout,
Jouons le va-tout ;
Armons les rien-qui-vaille :
Dût-on me blâmer,
Et me proclamer
Le Roi de la canaille ! » *

Air : *Ah ! de quel souvenir affreux !*

Héros des petites maisons,
Il fait des châteaux en Espagne ;
Il compte sur les Brabançons,

---

* Voyez la chanson des Fédérés, page 59.

Sur la Lorraine et la Champagne ;
Il a cent mille bataillons,
Ou tout du moins il les décrète ;
Mais ces gardes par millions,
Levée en masse et légions,
N'existent que dans la *Gazette*.

AIR : *A la façon de barbari.*

« La Belgique nous tend les bras,
Marchons à la victoire ;
En deux ou trois petits combats,
Au Rhin nous irons boire.
De là nous irons sans façon,
La faridondaine, la faridondon,
Prendre à Vienne mon fils chéri,
Biribi,
A la façon de barbari,
Mon ami.

AIR : *O Fontenai !*

Il part suivi de guerriers intrépides,
Il a promis de battre tous les Rois ;
Et le canon qui ment aux Invalides,
Fait les cent coups pour la dernière fois ;

Air : *A boire.*

« Victoire! victoire! victoire!
J'ai retrouvé ma gloire;
Anglais, Prussiens, tout est battu,
Le noble Lord est confondu! »

Air : *Du vaudeville de M. Guillaume.*

Le bulletin était encor sous presse,
Les détails étaient attendus,
On se livrait à l'allégresse
De voir les ennemis battus.
On les croit en pleine retraite,
On croit... mais voici du nouveau;
Mons Nicolas, sans tambour ni trompette,
Arrive *incognito.*

Air : *Eh! lon, lon, la*, etc.

Il a fait périr l'élite
De ses plus braves soldats;
Puis il s'est sauvé bien vite,
Laissant son chapeau là-bas:
Ne croyez pas
Qu'il se dépite:
N'avons-nous pas
Encor des bras?

Aux Chambres il doit écrire
Pour demander leur appui ;
Mais les Chambres lui font dire
Que tout est fini pour lui.
« Portez-vous bien,
Adieu, beau Sire !
Portez-vous bien,
Vous n'aurez rien. »

AIR : *Rendez-moi mon écuelle de bois.*

« Rendez-nous la couronne, ou sinon....
Rendez-nous la couronne. »
— « C'est pour le petit NAPOLÉON
Que je vous l'abandonne. »
— « Sire, cette condition
Est tant soit peu gasconne. »
— « Rendez-lui la couronne, ou sinon,
Je reprends la couronne. »

AIR : *Il faut partir, Agnès l'ordonne.*

C'était la pomme de discorde
Que NICOLAS leur jetait là ;
Des coquins, dignes de la corde,
Voulaient en disposer déjà.

L'un dit : C'est pour le roi de Rome ;
L'autre pour roi veut un Saxon :
On rit de tous ceux que l'on nomme ;
La France ne veut qu'un Bourbon.

Air : *Ah ! de quel souvenir affreux !*

Au milieu des rugissemens
De cette assemblée infernale,
Pour les traîtres, pour les brigands
Le ciel sonne l'heure fatale.
Le Corse, gorgé de forfaits,
Fuit pour échapper au supplice ;
Et le ciel nous rend à jamais
Les biens regrettés des Français,
Louis, la paix et la justice.

Air : *Malgré la bataille.*

Quel coin de la terre
Cache Nicolas ?.....
C'est en Angleterre
Qu'il porte ses pas.
Lui qui sans relâche
Insulta l'Anglais,
Espère, le lâche,
Près d'eux vivre en paix.

AIR : *Allez-vous-en, gens de la noce.*

Anglais, l'univers vous contemple,
Soyez aussi justes que grands;
Que par vous se donne un exemple
Qui fasse pâlir les tyrans.
Saisissez cette pacotille
De reines et de petits rois;
Qu'enfin les lois,
Vengeant nos droits,
Au néant rendent la famille,
Et tous leurs amis à la fois.

AIR : *La maison de M. Vautour.*

C'en est fait, vous le possédez
Le fléau de notre patrie :
Si pour vous seul vous le gardez,
Vous allez exciter l'envie;
Chacun voudrait voir le bourreau
Qui ne respira que la guerre;
Donnez en un petit morceau
A tous les peuples de la terre.

AIR : *Rendez-moi mon écuelle de bois.*

Nous avons notre père de Gand,
  Nous avons notre père ;
Et nous pourrons chanter librement,
  Après tant de misère.
Le malheur s'efface lentement,
  Mais du moins on espère :
Nous avons notre père de Gand,
  Nous avons notre père.

FIN.

CHANSONS DIVERSES.

LA REVUE DES FÉDÉRÉS.

Air : *Tenez, moi, je suis un bon homme.*

Viv'Dieu! le salut de la France
Vient de s'nicher dans nos faubourgs ;
Vl'à la parade qui commence,
Quittons nos habits d'tous les jours.
On dit que j'sommes d'la canaille,
Jarni, j'nous en faisont honneur,
Pourvu que je fassions ripaille
En gueulant : Viv'not'Empaireur!

En avant, marchands d'allumettes,
Du trône vous êtes l'appui ;
L'héros qui vous met en goguettes
Veut que chacun *souffre* pour lui.

Savetiers, quittez vos savattes;
Charbonniers, venez dans nos rangs:
Si les enn'mis tomb'sous vos pattes,
Je réponds qu'i'n'seront pas blancs.

Vous qui cherchez des loq'à terre,
Quittez vot'corbillard des chiens;
D'vos chiffons faites un'bannière,
Suivez les marchands d'peaux d'lapins;
Mais renfoncez dans vos culottes
Le bout de ch'mise qui vous pend;
Qu'on n'dise pas qu'les patriotes
Ont arboré le drapeau blanc.

Ne souffrons plus que l'on nous berne,
J'somm's encore un'fois souverains;
Et, s'il le faut, que la lanterne
Soit l'plus beau mot de nos refreins.
Croyons-en stilà qui gouverne,
Le plus humain des Empaireurs;
C'est en pensant à la lanterne,
Qu'il dit qu'nous s'rons des éclaireurs.

Ne craignons plus que les cosaques
Viennent ici mettre le feu;

Je tomberons sur leurs casaques,
Et je leur ferons voir beau jeu.
S'ils pillent les Bonapartistes,
Je n'nous tiendrons pas à l'écart,
Je pillerons les Royalistes....
Au moins chacun aura sa part.

C. J R. (de D.)

LE CHAMP-DE-MAI.

Air : *Que Pantin serait content !*

BUONAPARTE.

« Messieurs, je serais content
Si j'avais l'art de vous plaire ;
Messieurs, je serais content
Si j'avais votre agrément.
Je suis devenu bénin,
Doucereux et patelin ;
Je ne m'amuse plus guère
Qu'à verser le sang humain :
Ainsi me voilà content,
Car je prétends bien vous plaire.
Sans barguigner, à l'instant
Il me faut votre agrément. »

CAMBACÉRÈS.

« Ceux qui seront mécontens
Ne seront pas à la noce ;

Ceux qui seront mécontens
Auront des désagrémens.
D'ailleurs, il est séduisant,
Il est sensible, amusant,
Et pas beaucoup plus féroce
Qu'il n'était précédemment.
Ceux qui seront mécontens, etc. »

LES BRAVES, croisant leurs baïonnettes.

« Çà, Messieurs, qu'on soit content
Du bijou qu'on vous ramène;
Çà, Messieurs, qu'on soit content,
Ou qu'on en fasse semblant.
Nous serions fâchés, vraiment,
D'obtenir votre agrément
Par les cachots de Vincennes,
La mitraille ou le carcan.
Ventrebleu! qu'on soit content
Du bijou, etc. »

DÉLIBÉRATION DE L'ASSEMBLÉE.

« Quand le Héros de ce temps
Nous proposerait la peste,
Il faudrait, Représentans,
Que nous en fussions contens.

Donc, opinons librement,
Filons doux, et, prudemment,
Sans demander notre reste,
Votons, et f...... le camp.
Quand, etc. »

RÉSULTAT DE LA DÉLIBÉRATION.

On ordonne au Président
De se courber jusqu'à terre,
Et de faire poliment
Quatre mots de compliment.
« Sire, vous êtes charmant;
Votre heureux gouvernement
Nous rappelle ce bon père
Qui croquait tous ses enfans.
Replacez vos ornemens
Sur ce front patibulaire;
Payez nos appointemens,
Et recevez nos sermens. »

FIN DE L'ASSEMBLÉE.

Le ministère est content,
Regnault pleure de tendresse,
Maret devient insolent,
Et Carnot plus complaisant;

Cambacérès poliment
Compose un remercîment ;
Les douceurs de son Altesse
Font un effet surprenant ;
L'assemblée incontinent
S'esquive en serrant la fesse :
Chacun s'en va tristement,
En disant qu'il est content.

ANONYME.

L'OUVERTURE
DES DEUX CHAMBRES.

Air : *La maison de M. Vautour.*

Les députés des Jacobins,
Et les pairs nommés par le Sire,
Devant l'arbitre des destins
Se tiennent debout sans rien dire ;
Docile aux leçons de Talma,
Le grand homme crache et se mouche ;
Il regarde par-ci, par-là,
Couvre sa tête, ouvre la bouche.

« Grands pairs, dit-il, Représentans,
Merci de votre confiance ;
Je suis maître depuis long-temps,
Et dictateur par circonstance ;
Mais une constitution
Était dans mes vœux et les vôtres :
J'en donne une à la nation,
Je la suivrai comme les autres.

» Plusieurs d'entre vous se berçaient
De l'espoir le plus chimérique ;
Les pauvres diables s'abusaient ,
En mitonnant la république ;
Mais ils avaient compté sans moi ,
Moi , qui déteste l'anarchie :
Comme eux je ne veux pas de roi,
Mais j'aime bien la monarchie.

» Cependant , je vous l'avoûrai ,
Les circonstances sont très-graves ;
Des Rois le complot avéré
Est de nous rendre tous esclaves.
Sur la mer , déja les Anglais
Nous ont fait mordre la poussière ;
Et nous serions encor en paix
Si l'on ne faisait pas la guerre.

» A propos , sachez qu'à présent
Il est des drôles dans la France ,
Qui communiquent avec Gand ,
Comme autrefois avec Coblence ;
Mais , je ne sais pas trop pourquoi
Je vous parle de cette chose ;
Je n'ai pas bien ma tête à moi ,
Et vous en devinez la cause.

Mes finances assurément,
Pour les circonstances présentes,
Sans le défaut total d'argent,
Ne seraient pas mal florissantes.
Un mot, et puis je vais finir.
Je pars, le monde vous contemple;
Préparez-vous tous à mourir,
J'attends de vous ce grand exemple.

C. J. R. (de D.)

LE LIS ET LA VIOLETTE.

AIR : *De la grande et la petite.*

DANS le jardin des Tuileries,
Un lis noble et majestueux
Embaumait nos rives chéries
De son parfum délicieux ;
Les oiseaux pour lui rendre hommage,
Dans leurs concerts mélodieux,
Chantaient en quittant le bocage :
C'est le lis, oui, c'est lui que nous aimons le mieux.

Un aigle échappé de sa cage
Fond tout à coup du haut des airs,
Sur le lis exerce sa rage :
La terreur succède aux concerts.
Plus de lis ! c'est la violette
Que partout on offre à nos yeux ;
Mais c'est le lis que l'on regrette,
C'est lui, c'est toujours lui que l'on aime le mieux.

Bientôt la simple violette,
Avant-courrière du printemps,
Ne veut plus ramper sous l'herbette,
Et va briguer les premiers rangs ;
Mais en la voyant sur la tête
Des reptiles les plus hideux,
On la méprise, et l'on répète :
C'est le lis, oui, c'est lui que nous aimons le mieux.

Ta tige n'est point arrachée,
Beau lis que nous regrettions tant ;
Relève ta tête penchée,
Un destin plus heureux t'attend.
Tu fleuriras avec les roses,
Et l'on dira d'un ton joyeux :
Des fleurs nouvellement écloses,
C'est le lis, oui, c'est lui que nous aimons le mieux.

C. J. R. (de D.)

LES LIS.

AIR : *Des coquettes chacun se plaint.*

NOBLE fleur, lis majestueux,
Des Français fleur toujours chérie,
Le ciel rend donc à ma patrie
Tes rejetons si précieux !
Dans nos jardins battus par les orages,
J'ai vu ta tige se flétrir ;
Mais le soleil perce enfin les nuages,
Beaux lis, vous allez refleurir.

Le parterre de Trianon
Reverra sa fleur la plus chère ;
Long-temps une plante étrangère
Usurpa sa place et son nom.
Le vent du nord, desséchant sa racine,
A tari son suc vénéneux,
Et notre fleur, de céleste origine,
Le lis, fleurit plus radieux.

Oiseaux, gazouillez vos concerts;
Roucoulez, tendres tourterelles;
Déjà l'aigle aux serres cruelles
Ne trouble plus la paix des airs :
Ce fier tyran, avide de carnage,
Dévorait ses propres enfans;
Il est tombé; son impuissante rage
Ne viendra plus troubler vos chants.

Sucez encore le miel des fleurs,
Abeilles, troupe industrieuse,
Des frêlons la troupe honteuse
Ne vivra plus de vos sueurs.
Ce vil essaim désolait votre empire,
De vos travaux pompait les fruits;
Mais c'en est fait, le soleil vient de luire,
Jouissez du parfum des lis.

C. J. ROUGEMAITRE (de Dieuze).

FIN.

De l'Impr. de CELLOT, rue des Grands-Augustins, n° 9.

www.ingramcontent.com/pod-product-compliance
Ingram Content Group UK Ltd.
Pitfield, Milton Keynes, MK11 3LW, UK
UKHW020323220726
13923UKWH00003B/1322

9 782019 687014